KB186764

사랑한다는 말 참 좋지요
그대를 만나기 전까지
예전엔 미처 몰랐어요

사랑한다는 말 참 좋지요
그대를 만나기 전까지 예전엔 미처 몰랐어요

엮은이 | 김철주
펴낸곳 | 도서출판 지식서관
펴낸이 | 이홍식
등록 | 1990. 11. 21 제96호
주소 | 경기도 고양시 덕양구 고양동 31-38
전화 | 031)969-9311   팩스 | 031)969-9313
e-mail | jisiksa@hanmail.net

초판 1쇄 발행일 | 2024년 1월 10일

느낌이 있는 세계 테마 사랑 시집

사랑한다는 말 참 좋지요
그대를 만나기 전까지
예전엔 미처 몰랐어요

자크 프레베르 외/김철주 엮음

누군가를 만나서
사랑하는 것만이
사랑이 아닙니다

사랑한다는 말
참 좋지요

그대를 만나기 전까지
예전엔 미처 몰랐어요

강물처럼 먼 길을 돌아 서로의 영혼을 감싸주는
소중한 시간이
바로 진정한 사랑입니다

작성불가

엮은이의 말

사랑의 행복과 상처에 주는 마음의 평화

　여기에 수록된 시편들은 모두 사랑을 주제로 한 외국 시들입니다. 이 시들 속에는 미국, 프랑스, 영국, 러시아, 서 중남미, 일본 등 세계 여러 나라의 시인들 가운데 우리의 정서에 맞는 가장 아름답고 가장 마음 아팠던 순간들을 소중하게 간직한 작품들입니다.

　특히 이 시집들 속에서 우리가 주목해서 읽을 것은 사랑에 대하는 시인들의 태도입니다. 열정과 슬픔, 이별과 분노, 만남과 죽음 등을 눈물겹도록 근엄하고도 진지하게 고백하고 있는 모습은 비록 고전적이기는 하지만 사랑의 가치가 소멸되고 붕괴되고 있는 오늘날의 사랑의 방식에 시사해 주는 점이 크기 때문입니다.

　여기에 실려 있는 시편들은 사랑이 주는 감정들을 세밀하게 묘사해 놓고 있어 우리를 출렁거리는 감정의 오묘한 세계로 이끌고 있습니다. 이 감정들이야말로 이 시집을 읽는 참된 의의에까지 이를 수 있을 것입니다.

　널리 알려진 대로 사랑에는 기술이 필요합니다.

사랑은 열정과 그리움, 이별과 죽음, 미움과 갈등 등을 서로 조절하며 나와 다른 사람을 사랑할 수 있어야 합니다. 죽음에 이를 수도 있는 사랑마저 폭력과 광기 등을 깊숙이 숨긴 채로 그 따뜻한 사랑만을 앞세우기 쉽습니다. 그러나 사랑은 보다 본질적이고 보다 실존적인 것입니다. 우리가 전 생애를 바쳐 사랑에 집착하고 있는 이유도 여기에 있습니다.

　이 시집에 수록된 사랑의 시편들이 사랑하는 방식과 사랑을 대하는 마음에 도움이 되고, 사랑의 상처를 치유하는 데 위안이 된다면 그것만으로도 그 바라는 힘을 다할 것입니다. 더 나아가 시를 좋아하고 사랑하는 사람들에게 좋은 사랑의 시를 읽는 즐거움을 가져다 줄 수만 있다면 더할 나위 없는 이 시집은 그 몫을 다한 것이라 생각합니다.

　사랑의 풍요로운 행복과 사랑의 쓰린 상처에 부디 여기에 있는 시들이 우리들 가슴에 조용히 출렁이며 물결쳐 마음의 평화에 이르기를!

김철주 (시인)

차 례

당신을 만나고부터
1

너무도 당신을 사랑해요
그래서 나는 당신이 자유롭기를 바라지요
나는 알고 있어요
자신을 누군가와 나누기 전에는
당신 자신이 가장 소중한 사람이라는 것을…

사랑이 시작되는 곳에서
2

나는 어둠 속에서도 너를 볼 수가 있어
황금빛 노을이 서서히 검은 색으로 물드는 밤에도
빗줄기가 쉴새없이 백야의 모래시계처럼 우울하게 흘러내리는
그런 풍경 속에서도
나는 너를 볼 수가 있어

서로 손을 마주잡고
3

언제나 나의 꿈을 안고 있어줘요
당신 품 속에서의 작은 슬픔은 잊어버리시고
쉽지는 않겠지만
모든 것들로부터 그대를 지켜주고 싶어요

옛집 근처에서
4

어떻게 너를 사랑하는 법을 알 수 있을까
그 어떤 사람도 알 수 없었던 방법으로
너를 사랑하는 법을!
그러나 아직까지도 어디로 가는지 알지도 못한 채
나는 그대의 빛나는 눈동자 속으로
자꾸만 미끄러지고 있네

제 **1** 장

당신을 만나고부터

당신을 만나고부터

당신을 만나고부터

당신을 만나고부터

당신을 만나고부터

당신을 만나고부터

너무도 당신을 사랑해요

그래서 나는 당신이 자유롭기를 바라지요
나는 알고 있어요
자신을 누군가와 나누기 전에는
당신 자신이 가장 소중한 사람이라는 것을…

그대와 단둘이 있을 때면

그대와 단둘이 있을 때면
생각지도 않은 말을,
피하고 싶은 것을
그대가 물어올까 봐
두려워질 때도 있습니다.

그대와 단둘이 있을 때면
나 그대에게서
내가 바라지 않는 모습,
내가 보고싶지 않은 모습을 엿보게 될까 봐
내가 그대에게 품은 환상이 사라지게 될까 봐
이따금 두려워질 때도 있습니다.

그러나 바로 그런 두려움 때문에
나 그대와 둘이서만 있고 싶습니다.

두려움을 잊어버리고
있는 그대로의 그대를 보고
있는 그대로의 나를 보여주고 싶기 때문입니다.

어쩌면 처음엔 그러한 일들이
우리의 관계를 어색하게 만들지는 모르겠지만
우리의 사랑은 그러한 두려움을 몰아낼 것입니다.

그대도 이젠 있는 그대로의 모습으로 나에게 오십시오.
나도 그렇게 하겠습니다.

-U. 샤퍼

나는 그대를 사랑했습니다.

나는 그대를 사랑했습니다.
아직도 내 사랑은
영혼 속에 조금도 꺼지지 않고 있습니다.
그러나 그대를 향한 내 사랑이
더 이상 당신을 괴롭게 하지는 않겠습니다.
나는 당신을 슬프게 하고 싶지 않습니다.
나는 당신을 사랑했습니다.
말없이, 어떤 바람도 없이
소심함과 질투심에 괴로워하며
나는 그대를 사랑했습니다.
이렇게 진정으로, 이렇게 부드럽게
신이 당신에게 다른 사람을 사랑하게 하신 것처럼.

– 알렉산드르 푸시킨

나는 어둠 속에서도 너를 볼 수 있어

나는 어둠 속에서도 너를 볼 수가 있어.
녹색의 굵은 호두를 검은 색으로 물들이는 밤에는……
껍질을 벗긴 듯 그런 투명한 풍경 속에
물고기와 나뭇잎 향기 나는……

그런 어둠 속에서도 나는 너를 볼 수 있어.
푸른 우유 속의 두 개의 머루 같은
너의 눈이 성냥불빛 속에서도 빛나고 있다는 것을……
느릅나무 그림자 속의 둥근 달은
부드럽게 비추이지 않고 있지만
달은 이제 기울어진 만큼 바람에 부서져
모래시계처럼 우울하게 흘러내리는 광경을……

나는 어둠 속에서도 너를 볼 수 있어.
그리고 나는 침묵이라는 이름의 글자들을 나열해 본다.
바람 없는 추위 속에서 매운 상치 냄새를,
너의 입을, 그리고 아이스크림 한 조각처럼 녹아드는
새벽 여명 속에 사실적으로 되어가는 밤의 글자로 다시 읽어 본다.

나는 어둠 속에서도 너를 볼 수가 있다는 것을……

−칼 크롤로브

질투

생각만 해도 마음이 아파집니다.
약한 마음으로 내가 말하면 슬프겠지만
모든 것들로부터 그대를 지켜주고 싶어요.

그리고 내 눈물만으로
그대를 슬프게 만들고 싶어요.
나만이 당신의 단 하나의 슬픈 여자가 되고 싶어요.

언제나 나의 꿈을 안고 있어 줘요.
당신 품 속에서의 작은 슬픔은 잊어버리시고
쉽게 잊혀지지는 않겠지만
마음을 가라앉힐 생각만 하세요.
어쩌다 그대의 그 사람……
슬픈 소문을 떠올리고 싶지는 않지만
일부러 내 귀에 들려오지 않아도 됐을 텐데
그대와 그 사람……
조금은 알고 있었지만
확인해 보고 싶어졌어요.

20

아무것도 모르고 사랑을 빼앗아간다는 것은
비극이지만 무엇을 알게 된다 해도
내가 그대를 사랑한다는 것만은 변함이 없으니
역시 모르는 편이 좋았을까 생각을 했지만요.

이제 막 사온 꽃들에게
눈물을 보인다는 것은 슬퍼요.
봐요, 그대 나에게 확실히 말해 줘요.
그건 농담이고 사실은 아니지요?
그 이유를 나는 생각한다는 것이 두려워요.

－버지니어 울프

자주 보는 꿈

이상하게도 나는 가끔 설레는 꿈을 자주 꿉니다.
내가 사랑하고, 그리고 나를 사랑해 주는
그러면서도 누군지도 모르는 한 여자입니다.
꿈 속에서 그녀를 볼 때마다 항상 모습은 달라도
그렇다고 전혀 다른 사람도 아닌
그러면서 나를 사랑하고 나를 이해해 주는 한 여자입니다.
그 여자에게만 내 마음은 환히 드러나 보입니다.
그 여자에게만 내 마음은 알 수 있는 것이 됩니다.
창백한 내 이마의 식은땀을 그 여자만이
그녀의 눈물로 깨끗이 해 줄 수 있습니다.

그 여자의 머리카락 빛깔도 사실은 모르고 있습니다.
그 여자의 이름조차 생각해낼 수가 없습니다.
그것이 다만 한결같은 사랑만 속삭이던 옛 연인들의 이름처럼
그렇게 고운 소리를 가지고 있다고 말할 수밖에는
그 여자의 눈짓은 조각상의 그것과도 같습니다.
그리고 멀리 끊어질 듯 그러나 엄숙하게 울려 오는
지금은 입 다물어 버린 그리운 목소리를 듣는 것 같습니다.

　　　　　　　　　　　－폴 베를레에느

사랑이라는 말보다 더욱더 당신을 사랑합니다

당신을 향한 나의 마음은
어떠한 말로도 표현할 수가 없습니다.
지금까지 나의 마음을 설레게 했던
그 어떤 느낌보다도 당신을 향한 나의 마음을
어떤 말이나 글로 표현한다는 것은
스스로도 감당할 수 없는 너무도 깊은 감정이기 때문입니다.
이 신비로운 느낌은 나로선 어떻게
설명할 수 없습니다.
당신과 함께 있을 때 나는
맑고 푸른 하늘을 자유롭게 나는 한 마리 새였지요.
내 인생의 꽃잎을 활짝 피우는 한떨기 꽃이였지요.
해변으로 밀려와 거세게 부서지는 파도였지요.
내 본연의 색채를 자랑스럽게 보여줄 수 있는
폭풍우 뒤의 무지개였어요.
당신과 함께 있을 때
이 세상 모든 아름다움이 나의 주위를 감싸줍니다.

당신과 함께 있을 때
내가 느낄 수 있는 모든 신비로움 중에서
가장 미미하게 느껴지는 사랑이라는 단어는
당신을 향한 나의 깊고 진실된 마음을
설명하기 위해서 존재할지는 모르지만
내겐 충분할 만큼 강렬하지 않고는 도저히
나의 마음을 표현할 수 없어
수천 번이라도 말하게 해주십시오.
'당신을
사랑이라는 말보다 더욱더 사랑하고 있습니다' 라고.

– 수잔 폴리스 슈츠

사랑이 어떻게 너에게로 왔는가

사랑이 어떻게 너에게로 왔는가.
햇빛처럼, 꽃잎처럼
또는 기도처럼 왔는가.

행복이 반짝이며 하늘에서 몰려와 날개를 거두고
꽃피는 내 가슴에 걸려온 것을……

흰 국화 피어 있는 어느 날
그 집의 눈부심이 어쩐지 불안하였다.
그날 밤늦게 그리고 조용히
네가 나에게 왔다.

나는 불안하였고 마침내 꿈 속에서
너를 생각하고 있었다.
네가 나에게로 오고 난 이후 동화에서처럼
밤은 어둠 속에서 깊어만 갔다.

밤은 은빛 빛나는 옷을 입고 한 움큼의 꿈을 뿌린다.
꿈은 속속들이 마음 속 깊이 스며들고
어린아이들이 불빛으로 가득한 크리스마스를 보듯
나는 본다. 내가 깊은 밤 어둠 속에서
꽃 한 송이 한 송이마다 입맞추고 있는 것을……

– 라이너 마리아 릴케

당신이 날 사랑해야 한다면

당신이 날 사랑해야 한다면
오로지 사랑을 위해서만 사랑해 주세요.
상냥한 미소 때문에
아름다운 외모 때문에, 부드러운 말씨 때문에,
나와 같은 생각을 가졌다는 것만으로
지난날의 즐거웠던 추억을 못 잊고 있기 때문에
사랑한다고는 말하지 마세요.

내 뺨의 눈물을 닦아 주는 당신의 사랑스런 연민으로
나를 사랑하지 마세요.
당신으로 하여금 위안을 받았던 사람은
슬픔이 지나가 버리고 나면
당신의 사랑마저 잊을지 모르니까요.

28

오로지 사랑을 위해서만 날 사랑해 주세요.

언제까지나 언제까지나

당신의 사랑이 영원할 수 있도록……

- E. B. 브라우닝

사랑은 조용히 오는 것

사랑은 조용히 오는 것이지요.
외로운 여름과 거짓 꽃이 시들고도
기나긴 세월이 흐를 때,

사랑은 천천히 오는 것이지요.
얼어붙은 물 속으로 파고드는
밤하늘의 총총한 별들처럼
살포시 내려앉는 눈송이와도 같이

조용히 천천히
땅 속에 뿌리박은 밀
사랑은
열정은
더디고 조용한 것

내렸다가 치솟는
눈과도 같이
사랑은 살며시 뿌리로
스며드는 것이지요.

씨앗이 조용히
싹이 트듯
보름달처럼 천천히 그렇게

　　　　　　　　　　　- G. 밴더빌트

그대 그리워지는 날에는

오늘 나는 당신이 그리워요.
함께 있지 못해서 그래서 나는
당신과 함께 보냈던 행복한 날들을 떠올리며
당신과 함께 보낼 멋진 날들을 기다리며
오늘 하루를 보냈어요.

당신의 미소가 그리워요.
그 미소는 당신이 나를 사랑한다는
미묘하지만 숨길 수 없는
표현인 줄 나는 알고 있지요.

말은 안 해도 따스한 위안으로
모든 두려움을 녹여 주지요.
그리고 당신의 그 미소는
깊고 진지한 사랑만이 줄 수 있는
행복감과 안도감을 내게 주지요.

당신의 손길이 그리워요.
어떤 손길보다도 더 따스하고 아늑한
그 부드러운 감촉
오늘 나는 당신이 그리워요.

당신은 나의 반쪽이므로
나 혼자서 내 삶을 살 수 있다 해도
지금의 내 삶은
우리의 모든 경험을
아낌없이 나누는 삶이에요.

- 스템코프스키

사랑을 두려워하지 마세요

사랑을 두려워하지 마세요. 절대로
사랑은 최고의 성취이며
이 세상에서 가장 아름다운 느낌이기 때문입니다.
사랑을 두려워하지 마세요.
절대로 당신이 상처를 받을 것이라고
다른 사람이 당신을 사랑해 주지 않을 것이라고
두려워하지 마세요.
당신이 하는 모든 일에는 위험이 따르고 있으니까요.
그리고 그 보답은 결코 대단하지 않을 것입니다.
사랑이 줄 수 있는 것에 비한다면
사랑은 당신 스스로 발전해나갈 수 있도록 해줄 것입니다.

완벽하고 정직한

그리고 즐거움 속에 미래를 설계할 수 있는

진실된 행복은

오직 사랑 속에서만 찾을 수 있답니다.

- 수잔 폴리스 슈츠

사랑 속에서

어느 봄날인지 어느 꿈 속에서인지
언젠가 당신을 만난 일이 있었습니다.
그런데 지금 당신과 나는 가을 속을 걷고 있습니다.
당신은 내 손을 잡고 그리고 당신은 흐느낍니다.
당신이 우는 것은 하늘로 뛰어가는 구름 탓일까요?
그렇지 않으면 선지빛 같은 붉은 나뭇잎 때문일까요?
나는 알 것 같습니다. 그것은 일찍이 당신이 행복했기 때문입니다.
어느 봄날에서인지, 꿈 속에서인지 분명치 않은
그런 날들 속에서……

— 라이너 마리아 릴케

우리의 사랑을 생각할 때면 나는 아직도 후회하고 있네

그녀의 눈에 비친 눈물을 보았을 때,
내 입 속에선 미안하다는 말이 맴돌고 있었네.
그녀가 자존심 때문에 차가운 말을 내뱉고
눈물을 닦아 버리는 걸 보았을 때
내 입술은 침묵을 지키고 말았네.

나는 나의 길을 갔고, 그녀는 그녀의 길을 갔네.
하지만 지난날 우리의 사랑을 생각할 때면
나는 아직도 후회하고 있네.
왜 그때 나는 아무 말도 못했을까?
그녀도 후회하고 있을 것이네.
왜 그때 나는 울지 않았을까?

— 구스타보 베케르

거리에 비가 내리듯

거리에 비가 내리듯
내 마음에 눈물이 내린다.

가슴 속에 스며드는
이 설렘은 무엇일까?

대지에도 지붕에도 내리는
빗소리의 부드러움이여!
답답한 마음에
오, 비내리는 노랫소리여!

울적한 이 마음에
까닭도 없이 눈물이 내린다.
웬일인가! 원한도 없는데?
이 슬픔엔 까닭도 없네.

이건 진정 이유를 알 수 없는
가장 괴로운 고통.
사랑도 없고 증오도 없이
내 마음은 한없이 괴로웠네.

- 폴 베를레에느

미라보 다리

미라보 다리 아래 세느강은 흐르고
우리의 사랑도 흘러간다.
나는 기억해야만 하리
기쁨은 언제나 고통 뒤에 온다는 것을

밤이여 오라 종이여 울려라
세월은 가고 나는 여기에 있네

손에 손을 잡고 얼굴을 마주할 때
우리들의 팔 아래론
너무나 지친 물결이
영원의 눈길을 던지며 지나가고

밤이여 오라 종이여 울려라
세월은 흐르고 나는 여기에 있네

사랑은 가버린다 흐르는 물처럼
사랑도 흘러간다

삶은 느리게 흐르고
희망은 얼마나 강렬한지

밤이여 오라 종이여 울려라
세월은 흐르고 나는 여기에 있네

날이 가고 세월이 흐르면
지나간 시간도 사랑도 다시는 돌아오지 않지만
미라보 다리 아래 세느강은 흐른다.

밤이여 오라 종이여 울려라
세월은 흐르고 나는 여기에 있네

－ G. 아폴리네르

제 **2** 장

사랑이 시작되느 곳에서

사랑이 시작되는 곳에서

사랑이 시작되는 곳에서

사랑이 시작되는 곳에서

사랑이 시작되는 곳에서

사랑이 시작되는 곳에서

나는 어둠 속에서도 너를 볼 수가 있어

황금빛 노을이 서서히 검은색으로 물드는 밤에도
빗줄기가 쉴새없이 백야의 모래시계처럼 우울하게 흘러내리는
그런 풍경 속에서도
나는 너를 볼 수가 있어

내 애인은 얼음과 같고

내 애인은 얼음과 같고 나는 불과 같네.
어찌하여 그토록 차가운 그의 마음이
이토록 뜨거운 나의 욕망에 녹지도 않고,
나의 애원이 간절할수록 왜 굳어만 가는가?
또한 어찌하여 나의 이 엄청난 정열은
그의 가슴에 얼어붙은 차가움에 누그러지질 않고
내 가슴은 더욱더 불타오르는가?
이보다 무슨 큰 기적이 있어
만물을 녹이는 불이 얼음을 굳히고
매정한 추위에 얼어붙은 얼음이
어떻게 놀라운 솜씨로 불을 타오르게 하랴?
상냥스런 마음 속에 깃든 사랑의 위력은
이처럼 세상 모든 것을 바꿀 수 있는가.

－D. G. 로제티

연애 편지

당신이 주신 변화를 말하기가 쉽지 않군요.
지금 내가 살아 있는 거라면, 그때 나는 죽어 있었어요.
돌멩이처럼, 그런 사실에 구애받지 않고,
습관적으로 그저 존재하고 있었지만요.
당신은 그저 일 인치만 발 끝을 내게 대신 것이 아니에요, 아니죠.
내 작고 대담한 눈이, 파란 하늘이나 별들을
이해하려는 희망 같은 것은 물론
다시 하늘을 우러러보도록 내버려두지 않아요.

그건 그렇지 않아요. 말하자면, 잠을 잤어요. 뱀 한 마리가
겨울의 하얀 균열 속에서
어두운 바위 속에 어두운 바위처럼 숨어 있었어요.
내 이웃들 같아요, 아무런 기쁨도 느끼지 못해요
매번 빛날 때마다 내 현무암 같은 뺨을 녹여 버리는 완벽하게
백만 번 조각된 뺨을 보면서도요 눈물 흘리려고 돌아섰죠,
자연을 보고 우는 바보 같은 천사처럼 말이죠,
그러나 난 믿어지지가 않았어요. 그런 눈물은 얼어붙었어요.
죽은 얼굴은 다 얼음 마스크를 쓰고 있었어요.

그리고 나는 구부러진 손가락같이 계속 잠을 잤어요.

내가 처음 본 건 순수한 공기

그리고 영혼처럼 맑은 이슬 속에서 솟아오르는

갇혀 있는 물방울, 수많은 돌멩이들이 빽빽하게

누워 있었는데 주변을 둘러보아도 아무 말이 없었어요.

나는 무얼 해야 할지 알 수 없었어요.

나는 빛났고, 운모 크기로 되어,

새의 다리와 나무의 줄기 속으로

액체같이 쏟아져 나오게 되었어요.

나는 속지 않았어요. 나는 즉시 당신을 알아보았어요.

나무와 돌멩이가 반짝였어요. 그림자도 없었죠,
내 손가락의 길이가 유리처럼 투명하게 자라났어요.
나는 3월의 작은 가지같이 자라나기 시작했어요.
팔 하나와 다리 하나, 팔 하나, 다리 하나.
돌멩이에서 구름으로, 그렇게 나는 올라갔어요.
이제 나는 일종의 신 같아요
얼음 창유리처럼 순수한 내 변화된 영혼이
공기 속으로 떠돌아다녀요. 이건 선물이에요.

                    －실비아 플라스

고엽

오, 그대 기억해 주었으면
우리 다정했던 그 좋은 날들을.
그 시절 삶은 더 아름다웠고
태양은 지금보다 더 뜨거웠지.
낙엽은 무수히 쌓이는데
그래 난 잊지 않았어
낙엽은 무수히 쌓이는데
모든 추억도 또 모든 뉘우침도 함께
북풍이 그들을 실어갔네.
차가운 망각의 밤 속으로……
그래 난 잊지 않았어
그대가 불러주던 그 노래를.

그것은 우리를 닮은 노래
그대 날 사랑했고 난 그대를 사랑했네.
우리 둘은 언제나 함께 있었지
날 사랑했던 그대와 그대를 사랑했던 나.
하지만 인생은 살며시 소리도 없이
사랑하는 사람들을 갈라놓고
바다는 모래 위
헤어진 연인들의 발자욱을 지워버리네.

난 너무도 그대를 사랑했지,
너무도 아름다운 그대를
어떻게 그대를 잊을 수 있으리.

그 시절 삶은 더 아름다웠고
태양은 지금보다 뜨거웠지.
그대는 나의 가장 따사롭던 여인
하지만 후회해 무엇하리.
그대가 부르던 그 노래
언제나 내 귀에 울리는데
그것은 우리를 닮은 노래
그대 날 사랑했고 난 그대를 사랑했네.

　　　　　　　　　　　　－자크 프레베르

포근한가요?

포근한가요?
숨쉬기가 괜찮으세요?
베개는 두 개로 할까요,
하나로 할까요?
내 팔이 당신을 짓누르지는 않나요?
당신의 다리가 내 다리 아래
너무 죄어져 있지는 않나요?
내 엉덩이가 너무 작다구요?

오, 낯선 사람이여
오늘 밤은 이곳 내 곁에서
잠드십시오,

따뜻한가요?
당신을 믿어도 좋은가요?
대체 당신은 나를 사랑하는 건가요?

– 다니엘 스틸

사랑

여인아, 샘 같은 가슴의 네 젖을
빨아먹는 것, 내 곁에 너를 두고 바라보고 느끼는 것,
황금의 미소와 수정의 목소리에 싸인
그대를 가진 것으로 하여, 이젠 내가 너의 아들이었으면 좋겠다.

강물 속에서 신을 느끼듯 나의 혈관에서 너를 느끼는 것은
그리고 먼지와 석회가루의 슬픈 뼈, 덩어리뿐인
너를 사모하는 것은
너의 존재가 아주 쉽게 내게로 건너와
나의 시에 등장하길 바라는 까닭이다,

어떤 사악함도 없는 존재여
어떻게 너를 사랑하는 법을 알 수 있을까,
여인아, 어떻게 너를
사랑하는 법을 알 수 있을까,
누구도 알 수 없었던 방법으로 너를 사랑하는 법을!
죽은 다음 그래도 더욱 너를 사랑하는 법을,
그러고서도 아직까지도 더욱 그대를 사랑하는 법을
그래도 더더욱.

－파블로 네루다

그녀 속에서의 합일

내 손바닥 사이로 흘러가는 행복한 육체,
사랑하는 사람의 얼굴에서 나는 세상을 바라본다,
그녀의 얼굴에는 달아나는 예쁜 새들이 그려진다,
새들은 망각이 없는 먼 고장으로 날아간다.

너의 외형은 금강석, 아니면 단단한 루비,
나의 손바닥 사이로 반짝이는 햇빛, 햇살,
내부의 음악으로 나를 부르는 분화구,
너의 치아의 형언할 수 없는 부름.

나는 죽고 싶다, 죽는다, 발갛게 달아올라
나는 나를 던진다, 나는 불속에 살고 싶다, 왜냐하면
나는 외부의 대기가 내 것이 아님을 안다. 나의 것은
뜨거운 숨결, 다가가면 불타는,
안으로부터 나의 입술을 황금빛으로 달구는.

—비센테 알레익산드레

그대는 보이지 않고

한 순간 나는 그대를 보았네.
내 눈앞에서 그대는 떠다니고 있었네.
그대의 두 눈에 대한 기억은
태양을 바라볼 때처럼
불꽃 같은 장식 레이스로 펄럭이고 있었네.

내 시선이 향하는 곳마다
그대의 타오르는 눈동자가 보였네.
그러나 그대는 보이지 않고
그대의 눈동자만 그대의 시선만 있었네

내 침대 모서리에서
허깨비처럼 빛나는 고삐 풀린 눈동자
내가 잠들어 있을 때도
머리 위를 환히 비추는 눈동자
길 가는 나그네를 홀리는
한밤의 도깨비불처럼
어디로 가는지 알지 못한 채
나는 그대의 눈 속으로 미끄러지고 있었네.

—구스타보 베케르

얼마나 오랫동안 망설였던가

잘 가거라, 사랑의 편지야.
그 동안 얼마나 망설였던가! 그 얼마나 오랫동안 내 손은
너를 원하지 않았던가, 나의 모든 기쁨을 불길에 태워주기를!
그러나 이젠 태워버릴 시간이 되었다, 사랑의 편지를.
내 영혼은 그 무엇에도 귀기울이지 않으리라.
그러나 탐욕스러운 불길이 너를 끌어당긴다……
잠깐!…… 갑자기 불길이 거세진다! 활활 타오른다.
가벼운 연기가 피어올라 나의 기원과 함께 사라진다.

어느덧 충직한 보석반지의 각인을 잃고 녹아버린 봉납이
피시식 소리를 내고 있다. 오, 신이여!
이젠 잔해가 칙칙하게 오그라져 눕는다.
가벼운 재 위에 비밀스런 형체들이 하얗게 빛난다.
가슴이 미어진다. 사랑스런 재여, 영원히 함께 여기에 있자.
내 비통한 가슴 속에……

– 알렉산드르 푸시킨

나는 너를 기다릴 것이다

괴로워하면서도 나는 너를 기다릴 것이다
오랜 세월, 나는 너를 기다릴 것이다
너는 남다른 부드러움으로 나를 유혹하고,
너는 항상 약속한다.

너는 불행한 침묵
어두운 땅에 비치는 우연한 빗줄기
나는 아직 잘 알지 못하는 표현할 수 없는 격정
이것이 전부다.

네가 기쁨을 원하는지 나는 알지 못한다.
입술에서 입술로 네게 사랑을 호소하기를 원하는지
나는 성숙한 달콤함을 알지 못한다.
어떻게 너와 단둘이 될 수 있는지……

62

너는 예기치 않은 죽음일는지 모른다
혹은 태어나지 못하는 별일는지도
그러나 나는 너를 기다릴 것이다, 사랑하는 이여
나는 너를 기다릴 것이다.

– 콘스탄친 드미트리에비치 발몬트

사랑의 순간

두근거리며 달아오르는
보이지 않는 바람
황금빛으로 부서져 내리는 하늘
희열로 몸을 떠는 대지

난 아늑한 물결 위를 떠다니며
입맞추는 소리 날갯짓 소리를 듣는다
내 눈은 감기고……
무슨 일일까?

그건 사랑이 스쳐간 거야

ー구스타보 베케르

안녕, 나의 친구, 다시 만날 때까지

안녕, 나의 친구, 다시 만날 때까지.
다정한 친구, 그대는 내 가슴 속에 살고 있네.
예정된 이별은 이 다음
우리의 만남을 약속해 주는 거지.

안녕, 나의 친구, 악수도 하지 말고, 작별의 인사도 하지 말자.
슬퍼할 것도, 눈썹을 찌푸릴 것도 없어.
죽음은 삶에서 새로운 일이 아니니까,
그렇다고 삶 또한 새로울 것은 하나도 없지.

－예세닌

이렇게 늦은 밤에

사랑하였으나 입맞춤 한 번 나누지 못하고
이렇게 늦은 밤 집으로 돌아온다.
창백한 하늘에는 서럽게
오리온이 땅으로 기울어진다.
집에서는 불빛과 침대가 맞아들인다.
배반당한 마음으로 적적히 누워
무거운 욕망에 끌려다니며, 부질없이
잠과 꿈과 위안을 찾는다.

낭비한 인생을 깊이 서러워하며
추억의 구덩이를 파헤친다.
일생을 살고 나야 죽을 수 있다는
단 하나의 위안밖에 얻을 수 없음을
알고 난 이후부터는……

─헤르만 헤세

오 그래, 사랑은 새처럼 자유로운 법이네

오 그래, 사랑은 새처럼 자유로운 법인 것을,
그래, 그 누가 뭐라고 해도 나는 너의 것이라네.
그래, 그 누가 뭐라고 해도 너의 몸, 네 불타는 몸은
내 꿈 속에 나타나겠지!

그래, 그 아름다운 두 팔의 탐욕스런 힘 속엔,
배반의 슬픔이 담긴 눈동자 속엔,
온통 내 허무한 열정의 헛소리가,
내 밤의 헛소리가 담겨져 있지, 카르멘!

너를 노래할 테야, 하늘에게
네 목소리를 전달할 테야!
사제처럼 네 불길을 위해
별들에게 제물을 바쳐 볼 테야!

내 시의 강물에서
넌 사나운 파도 되어 일어나겠지.

카르멘, 난 네 향내를
내 손에서 씻어 버리지 않을 테야……

고요한 밤에 오면,
마치 한순간 번뜩이는 불길처럼,
네 집요한 얼굴은 흰 이빨을 드러내며 내게 번쩍이겠지.

그래, 난 달콤한 희망에 괴로워한다,
혹시 네가, 낯선 땅에서,
혹시 네가, 언젠가는, 살며시
나를 생각해 주지 않을까 하고……

폭풍 같은 삶과 불안 그리고
그 모든 배반의 슬픔 끝에서
그 생각은 선명히, 단순하고 하얗게 나타날 만도 하지,
길처럼, 멀고먼 저 길처럼 말야, 카르멘!

– 알렉산드르 블로크

재회

해는 벌써 자취를 감추어
저녁 어스름이 깔린 산 너머로 저물어 갔네.
낙엽에 쌓인 길과 또 벤치가 놓여 있는
색바랜 공원에 불어 오는 찬 바람.
그때 나는 너를 보았고, 너도 나를 보았네.
너는 조용히 검은 말을 타고 와
낙엽을 밟으며 찬 바람 속을 헤치며
조용히 성안으로 들어갔네.

참으로 서러운 재회였네.
너는 창백하게 서서히 사라지고
나는 높은 울짱에 기대 있었네.
날은 저물고, 우리들은 한 마디의 말도 하지 않았네.

– 헤르만 헤세

제 **3** 장

서로 손을 마주잡고
서로 손을 마주잡고
서로 손을 마주잡고
서로 손을 마주잡고

서로 손을 마주잡고

서로 손을 마주잡고

언제나 나의 꿈을 안고 있어 줘요

당신 품 속에서의 작은 슬픔은 잊어버리시고

쉽지는 않겠지만

모든 것들로부터 그대를 지켜주고 싶어요

당신 때문에

당신 때문에 내가 울고 있는 것을
당신은 모르시나요?
당신은 정말로
그렇게도 먼 곳에 계시나요?
하지만 당신은
역시 나에게 가장 아름다운 분이시고,
나의 고독을 참고 견디게 해주시는
유일한 분인 것을.

– 아이징거

우리가 우리를 우리로 만들어

내 말을 믿으세요, 사랑하는 이여, 우리 둘은
아직 우리의 출발점에 있지 않아요.
그대는 아직 그대의 여름 비단을 짓고 있고,
내가 그대를 향한 그리움에 사무칠 때면
내 스스로 아직도 두려움을 느끼니까요.

우리에게 어떤 불안도 없었으면 좋겠어요
그리고 우리가 우리를 우리로 만들기까지
둘이서 나란히 걸어가면
우리의 옷의 끝 주름에서
방랑의 마지막 길의 먼지가 흩날리겠지요.

– 라이너 마리아 릴케

나는 너에게 아무 말도 하지 않으리라

나는 너에게 아무 말도 하지 않으리라
나는 너를 조금도 괴롭히지 않으리라
나는 그 무엇도 암시하지 않으리라
침묵한 채 되풀이하지 않으리라.

하루종일 밤의 꽃들이 잠을 잔다
그러나 해가 숲 속에서 떠오르면
살며시 잎들이 깨어난다
그리고 나는 가슴이 깨어나는 소리를 듣는다.

그리고 병든 지친 가슴에 촉촉한 밤바람이 분다
나는 떨린다
나는 너를 조금도 괴롭히지 않으리라
나는 너에게 아무것도 말하지 않으리라.

– 아파나시예비치 페트

그렇게 당신은

당신은 참으로 멀리 있어요.
예전에 내가
붙잡을 수 있다고 생각했던 별처럼
멀리
당신은 그러나 가까이 있어요.
내 손이 닿을 수 없을 뿐이죠.

지나가 버린 시간처럼
그렇게 당신은.

당신은 참으로 위대하지요.
저 나무 그림자처럼 그렇게.
그러나 당신은 친근했지요, 다만
새파랗게 질려 있을 뿐, 내 마음 속의 꿈처럼
그렇게 당신은.

– 아이징거

지는 잎

우리를 사랑하는 긴 잎새들 위로 가을이 왔네.
보릿단 속에 든 새앙쥐에게도.
머리 위 산가막나무 잎새는 노랗게 물들고
젖은 들딸기 잎새도 노랗게 물들었네.

사랑이 시드는 시절이 닥쳐와
이제 우리의 서러운 혼들은 지치고 피곤하네.
우리 헤어지자, 열정의 계절이 우리를 잊기 전에
그대의 이마에 입맞춤을 하며 눈물 한 방울 그렇게 남긴 채……

− W. B. 예이츠

그리고 나는 사랑했다

그리고 나는 사랑했다, 그리고 나는 알았다.
사랑의 고통, 그 격렬한 취기를
그리고 패배와 승리를
그리고 친구라는 이름과 적이라는 단어를.

그들은 많았다, 나는 무엇을 아는가?
회상, 꿈의 어둠……
나는 단지 그들 황금의 이름을
의아하게 반복한다.

그들은 여럿, 그러나 하나
악마와 그들을 나는 하나로 만들었다
하나의 분별없는 아름다움과
열정과 삶은 누구의 이름인가.

비밀스레 행해진 열정
사랑의 고통스런 환희

나는 여자친구가
숙명적인 열정의 침대로 걸어가는 것을 보았다.

그 애무, 그 언어들
탐욕스런 입술의 역한 격정
그리고 싫증나 버린 어깨
아니다! 세상은 열정은 없고, 깨끗하고 공허하다.

그리고 설렘으로 충만한 가슴
눈 덮인 절벽의 정상에서
나는 계곡으로 눈덩이를 굴린다
내가 사랑했고, 입맞추었던 그곳, 그곳으로!

– 알렉산드르 비치블록

너를 위해 내 사랑아

나는 새시장에 가 보았지
그래 나는 새를 샀지
너를 위해
내 사랑아.

나는 꽃시장에 가 보았지
그래 나는 꽃을 샀지
너를 위해
내 사랑아.

나는 고철시장에 가 보았지
그래 나는 쇠사슬을 샀지
무거운 쇠사슬을
너를 위해
내 사랑아.

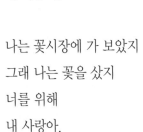

그리고 나는 노예시장에 가 보았지
그래 나는 너를 찾아 헤맸지만
너를 찾지 못했지
내 사랑아.

－자크 프레베르

노래

태양을 노래하기엔 나의 입은 지쳤다.
그러나 너를 노래할 땐 지치지 않는다.
나의 시계는 지나간 사랑을 간직한 채,
우리가 만난 날 멈춰버렸다.

전체를 주시하는 것이 이제 지겹다.
그러나 너를 바라보는 것은 언제나 즐겁다.
너의 눈동자엔 항상 그렇게도 많은 빛이 있었건만,
네가 눈을 감아버리니 주위엔 어둠만이 남는다.

칠월의 밤, 어느 조그만 두메 마을,
나는 쿠무즈의 창문 아래서 울었다.
나는 길을 떠났으나,
슬픈 너의 눈물이 나를 고향 집으로 발길을 돌리게 했다.

노래하듯 부르는 문장 속에
난 너를 소중히, 부드럽게 간직했다.

종이 위의 잉크 자국은 마치
햇빛 받아 잠을 깨는, 눈 위에 핀 수선화 같았다.

내가 어디에 있든, 가까이에 있든, 이별 속에 있든,
나의 눈물은 노래처럼 무겁다.
눈 녹아 흐르는 시냇물 소리는
산들이 우는 소리였다.

− 라슬 감자토비치, 감자토프

연못

돌아가라고 했다
오늘밤은 너와 있고 싶지 않으니
돌아가라고 했다
너는 울면서
돌아가 버렸다
나는 돌아갈 데가 없다.

네가 내 마음에서 울면서
가버린 길을 몇 번이나 문지르며
너의 눈물의 얼룩이 나의 내부에 깊은 연못이 되어
그 어느 때보다
무거워진 마음의 짐을 안고
그날 밤 나는 잠이 들었다.

― 시라이시 가츠코

대기는 벌써 눈의 향기를 풍긴다

대기는 벌써 눈의 향기를 풍긴다, 나의 애인은
긴 머리를 하고 있다, 아 겨울, 겨울은
우리를 긴밀하게 뒤섞이게 하고 문 앞에 선다.
사냥개 한 쌍을 데리고 온다, 겨울은
창가에 눈꽃들을 흩뿌린다,
석탄들은 아궁이에서 활짝 핀다, 그리고
너는 가장 아름다운 순백의 너의 머리를 내 품에 떨군다.
나는 '그것이다' 라고 말한다.
썰매는 더 이상 필요하지 않다, 눈이
우리들 가슴 가운데로 떨어진다, 눈은 작열한다.
사랑하는 이의 앞뜰 재받이 통에서 지빠귀가 속살거린다.

                                                        － 사라 키르시

푸른 풍선

한 소녀가 울고 있다.
그녀를 달래 보려 했으나 이미 풍선은 날아가 버렸다.

한 처녀가 울고 있다, 아직도 구혼자가 없기에.
그녀를 달래 보려 했으나, 풍선은 날아간다.

한 여인이 울고 있다, 남편이 다른 여인에게 갔기에.
그녀를 달래 보려 했으나, 풍선은 날아간다.

한 할머니가 울고 있다, 삶이 너무 짧기에.
풍선은 돌아왔으나, 하늘빛이다.

　　　　　　　　　　　－블라트 아쿠자바

첫사랑

희미한 불빛에 더욱 또렷이
춤추는 그 아이는 오직 한 사람
아스라한 불빛에 눈물 지으며
사라져 간 아이도 오직 한 사람
아스라한 불빛에 그 추억 속에
춤추는 그 사람, 그대 한 사람.

ㅡ 기타하라 하쿠슈

입맞춤

입맞춤한다. 난 입을 맞춘다.
오, 이토록 금빛으로 빛나는 세계!
네 존재의 슬픈 뼈마디가 거부당하는 순간
찬란한 정점에 도달하는 완전한 살덩이
살짝 스치는 네 손에 모든 것이 활활 타오르고
너무나 보드라운 숨구멍이 송송 뚫려 있는 손은 신음한다.
조용하고 부드러운 다정한 네 손, 그곳을 통해 안으로
천천히, 아주 조금씩, 비밀스레 너의 삶으로 들어간다.
가장 깊숙한 혈관까지 내가 노저어 들어가
너를 받아들이고는 네 살덩이 사이에서 벅찬 노래를 부를 때까지.

― 비센테 알레익산드레

93

J. S를 위한 시

자정이 지난 12월의 기차역,
추위 속에 드러나는 너의 모습.
엷은 색 외투, 머리 위에 덮인 수건.
작별로 빛나는 얼굴.

작별의 순간 나는 너를 다시 한 번 만들어 낸다.
겨울의 차가운 공기 속에
부드러움과 행복에 대한 갈망으로 어둡고
사랑으로 고요한 목소리.

나는 너를 다시 한 번 만들어 본다.
이제,
외투 깃을 올리고 장거리 열차의 창문을 열고 손을 흔드는,
다른 남자인 나와 함께 가기 위하여.

너는 뒤에 남는다. 몰아치는 잿빛 바람에 밀리며
포옹과 입맞춤과 너의 살갗의 냄새와 함께 뒤에 남는다.
눈오는 밤에 검은색과 흰색의 체이스판이
너의 얼굴 위에 놓여 있다. 그리고 나는 안다,
네게 있는 그 어느 것도 내게 마련된 것이 아님을.

-칼 크롤로브

죽도록 내버려 다오

나의 하루 하루는 천천히 흘러간다.
순간 나의 어두운 심장에서
사랑의 아픔은 깊어만 간다.
이성을 잃은 온갖 꿈에 불안만 안겨준다.
그러나 나는 침묵한다. 나의 중얼거림은 들리지 않을 테니까.
눈물만 흘린다. 눈물은 내게 위안이니까.
우수에 잠긴 내 영혼은 눈물 속에서
쓰디쓴 쾌락을 발견한다.

오 삶의 시간이여! 흘러라, 나를 가엾이 여기지 말고.
어둠 속으로 사라져라, 공허한 환영이여!
지금 내게 소중한 건 내 사랑의 고통
죽도록 내버려다오. 오직 사랑하며 죽도록!

– 알렉산드르 푸시킨

오, 휘파람만 불어요

오, 휘파람만 불어요, 그럼 내 나올게요.
오, 휘파람만 불어요, 그럼 내 나올게요.
아빠랑 엄마랑 모두 펄펄 뛰셔도
오, 휘파람만 불어요, 그럼 내 나올게요.

나를 보러 오실 땐 조심하세요.
뒷문 조금 열려 있을 때만 오세요.
그리고 뒤쪽 층계로 아무도 못 보게
내게 오지 않는 것처럼 살짝 오세요,
내게 오지 않는 것처럼 살짝 오세요.
오, 휘파람만 불어요……

교회에서나 시장에서나 어디서건 만나면
마음이 없는 것처럼 그냥 지나치세요.
그렇지만 그 서늘한 눈으로 슬쩍 눈짓하세요.
그러면서도 나를 안 보는 척하세요.
그러면서도 나를 안 보는 척하세요.

오, 휘파람만 불어요······

날 사랑하지 않는다고 사람들 앞에서 떠드세요,
가끔 내 용모 좀 헐뜯어도 좋아요.
하지만 장난으로도 딴 여자 사랑 마세요.
나로부터 당신 마음 앗아갈까 두려워요.
나로부터 당신 마음 앗아갈까 두려워요.
오, 휘파람만 불어요······

                              −로버트 번즈

신부

내 사랑은 오늘밤 소녀 같다.
그러나 그녀는 늙었다.
베개에 놓인 머리칼은 금발이 아니고,
섬세한 은빛과 무서운 냉기로
꼬여 있다.

그녀는 젊은 처녀 같다.
눈썹이 부드럽고 아름답다.
뺨이 아주 부드러운데 두 눈을 감아 귀여운
잠을 잔다. 조용하고 편안하게.

아니, 신부처럼 잠을 잔다.
완전한 것을 꿈꾸며.
내 사랑은 꿈의 형태로 마침내 누웠다.
그리고 죽은 입이 노래한다.
맑은 저녁의 지빠귀새 같은 입 모양을 하고.

-D. H. 로렌스

제 **4** 장

옛집 근처에서

옛집 근처에서

옛집 근처에서

옛집 근처에서

옛집 근처에서

어떻게 너를 사랑하는 법을 알 수 있을까

그 어떤 사람도 알 수 없었던 방법으로
너를 사랑하는 법을!
그러나 아직까지도 어디로 가는시 알지도 못한 채
나는 그대의 빛나는 눈동자 속으로
자꾸만 미끄러지고 있네

가끔 조용히 찾아가게 되는 그대여

그대와 함께 있고자,
가끔 조용히 그대 있는 곳으로 가게 되는 그대여,
내가 그대 옆을 스쳐가거나, 가까이 앉아 있거나
방 안에 같이 있을 때,
그대는 모르리라.
그대 때문에 내 마음 속에서
흔들리는 미묘한 감동적인 불꽃을.

- 월트 휘트먼

나는 온종일 걸어왔네

실비어, 나는 그대를 만나고자 온종일 먼 길을 걸어왔네.
매서운 바람이 내 얼굴과 무릎에 휘몰아치고
사나운 바람은 내 발길을 괴롭혔네.
바람은 매섭게 몰아쳐서 내 눈을 침침하게 하였네.

실비어, 나는 그대를 만나고자 온종일 걸어왔네.

그대 아른거리는 모습이 내 발걸음을 지탱시켜 주었고
그대 생각에 잠기게 했네.

나는 발걸음마다 그대 이름을 아로새겼네.
바위 위에, 진흙 위에, 모래 위에
그리고 나무 줄기마다

그대 내 마음을 사로잡고 있기에.
실비어, 나는 그대를 만나고자 하루 종일 걸어왔네.
내 마음을 온통 사로잡고 있는 그대여.

– 작자 미상

가버린 남자에게 보내는 편지

지금, 두 시간 동안 저는 카페 바우어에 앉아 있어요.
당신이 저를 원하지 않으신다면
바로 말해 주셔야지요.

우리의 교제는 이제 끝났고
다시는 당신의 모습을 볼 수 없겠지요.
당신 없이는 살 수 없다고
말하지는 않겠어요.
탁자의 커피는 식었고
차 나르는 사람이 기웃거리는군요.

당신도 그 때 일이 기억나세요.
저는 녹색 포플린으로 지은 새 옷을 입었지요.
치마가 겨우 무릎까지 닿는다고
당신이 웃었지요.

사랑했던 사람!
지난 일을 우린 이제 잊어야겠지요.

앞으로는 저와 마주쳐도
아는 체하실 필요는 없어요.
당신에게 폐를 끼치고 싶지는 않아요.

사랑했던 사람!
이 밤도 안녕히 주무세요.

— 에리히 케스트너

눈물이, 부질없는 눈물이

눈물이, 부질없는 눈물이, 뜻도 모를 눈물이
그 어떤 성스런 절망의 심연에서 나온 눈물이
가슴에 치밀어 눈에 고이네
가을 벌판 바라다보며
지나가 버린 날들을 추억할 때,

저승에서 정다운 이들을 데려오는 돛폭에
반짝이는 첫 햇살처럼 선선한,
수평선 아래로 사랑하는 이들 전부 싣고 잠기는 돛폭을
붉게 물들이는 마지막 빛살처럼 구슬픈,
그렇게 구슬프고, 그렇게 신선한 가버린 날들.

아아, 임종하는 눈망울에 창문이 부연 네모꼴로 되어갈 무렵
어둑한 여름 새벽 잠 덜 깬 새들의
첫 울음 소리가 임종하는 귓가에 들려오듯,
그렇게 구슬프고, 그렇게 낯선 가버린 날들.

죽음 뒤에 키스의 추억처럼 애틋하고
임자가 따로 있는 입술에
가망없는 짝사랑이 꿈꾸는 키스처럼 달콤한,
사랑처럼, 첫사랑처럼 깊은,
온갖 회한으로 걷잡을 수 없는,
오 살아 있는 죽음, 가버린 날들!

─ A. 테니슨

사랑은 나를 잊어도

행복한 사람은
두려움없이 자기 자신에게 열정을 고백하는 사람입니다.
수줍은 희망은 서로의 알 수 없는 운명을 비추고
안개낀 달빛이 음란한 한밤에 그를 이끌어
살며시 그의 연인의 방을 열어주네!

서러워라, 나의 삶에서
은밀한 열락의 기쁨은 사라졌다.
때이른 희망의 꽃은 시들고
삶의 꽃은 고통으로 여위리라.
애처롭게 청춘이 사라지면
늙음이 나를 위협하리라.
사랑은 나를 잊어도
내 어찌 잊을 수 있겠는가.
나의 사랑의 눈물을!

− 알렉산드르 푸시킨

키스에 보내는 키스

어제 나는 네 입술에 키스했다.
네 입술에 입맞추었다.
짙은 빨간 입술을
한 번의 입맞춤은 너무 짧지만
번개보다 기적보다 오래 남았다.
시간은⋯⋯
너에게 바친 시간은⋯⋯

—페드로 살리라스

결혼식 날

나는 두렵네.
대낮에 소리가 멈춰 버렸고
여러 가지 영상이 빙빙 어지러운 머리 속에서 맴도네.
이유모를 눈물이 하염없이 흐르고,

택시 밖에서 그의 얼굴에
슬픔이 밀려오는지.
수액 같은 슬픔이
손 흔드는 하객들에게 일어나는지.

그대는 높다란 케이크 뒤에서 노래하네.
홀로 서 있는 새색시처럼
굳은 자세로 멍하니 서서
결혼식에 참석하고 있는 새색시처럼.

내가 결혼식장에 갔을 때
화살이 박힌 하트 그림과 사랑의 전설이 있었네.
공항에 가는 도중 그대 가슴에
머리를 기대고 잠들게 해줘요.

　　　　　　　　　　－시머스 하이니

나는 모든 아름다운 것을 사랑한다

나는 모든 아름다운 것을 사랑한다.
그것을 또 숭배한다.
신도 그만큼 찬미받을 수 없고
사람은 그 바쁜 일상 속에서도
아름다운 것을 사랑함으로써 존재한다.

나는 또한 그 무엇인가를 만들고자 한다.
모든 아름다운 것을 만들어 내는 즐거움이여.
비록 그것이 내일이 오면 기억에만 남는
한낱 꿈 속의 헛된 말 같을지라도
나는 모든 아름다운 것을 사랑한다.

— 로버트 브리지즈

제니는 내게 키스했다

우리가 만났을 때 제니는 내게 키스했다.
앉아 있던 의자에서 뛰어내리면서,
감미로운 네 리스트 안에 넣기 좋아하는
너 도둑 같은 시간아, 이것도 집어 넣어라!
내가 지쳤다고 말하라, 내가 슬프다고 말하라,
건강과 부가 내게서 사라졌다고 말하라,
내가 늙어간다고 말하라, 그러나 덧붙여 말해라,
제니가 내게 키스했다는 것을.

— 리 헌트

크고도 붉은

크고도 붉은
겨울 태양이 나타났다가
사라진다
대궁전 너머로
그 태양처럼 내 심장도 사라지리
또 내 모든 피도 흘러가리
너를 찾아
내 사랑아
내 고운 사랑아
너를 만나러
네가 있는 그 곳으로

– 자크 프레베르

겨울 날

오, 아름다운 빛이여!
오늘은 눈 속에서 사라져 간다
먼 하늘이 우아한 장미빛으로 불탄다
그러나 여름은, 여름은 아니다.

쉼없이 내 노래가 찾아가는
그대 먼 곳의 신부여!
오, 그대 다정함이 날 향해 빛난다
그러나 사랑은, 사랑은 아니다.

우정의 달빛은 오래 빛나고
나는 또 눈 속에 오래 서 있어야 하리
언젠가 그대와 산과 하늘과 호수
사랑의 불꽃 속에 타오르기까지.

　　　　　　　　　　　－ 헤르만 헤세

나는 얼굴을 돌리고 기다린다

나는 얼굴을 돌리고
너를 기다린다.
살아 있는 것들로부터 멀리 떨어져
혹은 가까운 곳에서
너는 헤맨다.

고개를 숙이고
나는 너를 기다린다.
해방된 자들은
갈망의 올가미에
잡혀서는 안 되고
별가루의 왕관을
쓸 수도 없으므로

사랑은
불에 태워도
소멸되지 않는 모래의 풀

얼굴을 돌리고
사랑은 너를 기다린다.

− 넬리 작스

도시의 젊은 연인들을 위한 노래

사랑보다 깊은 잠 때문이긴 하지만
거기에 따르는 일시적인 죽음 때문이긴 하지만
이 어린아이 같은 입술들은 잠으로 부드러워진 채
여기 남의 침대에서 만났다.

그들은 사랑에도 불구하고 만나지 못했다⋯⋯
그러한 작은 사랑들은 한밤중에 튀어올라
석탄불처럼 무섭게 훨훨 타오를 것을
절망을 배경으로 하여.

나무 없는 작은 숲으로, 어둑어둑한 후미진 곳으로,
돌침대 둘린 처마로부터 비둘기들은 이제
검댕이 묻은 발로 무리지어 내려간다.
보리수 나뭇잎으로 온몸을 덮기 위하여.

– 빈센트 밀레이

고백

나는 당신이 내 앞에서
편안하게 타인을 포용할 수 있어 좋습니다
그러나 나를 혼란의 불 속에 뛰어들게 하지는 마시기 바랍니다
대신 입을 맞추지 않겠습니다
나의 이름, 나의 부드러운 이름을
낮에도, 밤에도 부르지 마시기 바랍니다
교회의 무거운 침묵 속에서, 혹은 내 앞에서
결코 감사의 노래를 부르지 마세요.
나는 당신의 모든 것에 감사합니다.
당신은 나 대신 나의 새벽을 사랑하세요

태양이 우리 머리 위에 없었던,
해지는 순간 달빛 아래서
우리의 만남은 결코 불손하지 않았음을
사랑하세요.
당신이 나로 인해 상처받지 않아서 좋습니다.
나는 당신으로부터 상처받지 않아서 좋구요.

— 마리나 이바노브나 츠베타예바

연인들

풀밭에 누워서
처녀 하나, 총각 하나
밀감을 먹는다. 입술을 나눈다
파도와 파도가 거품을 나누듯이.

해변에 누워서
처녀 하나, 총각 하나
레몬을 먹는다, 입술을 나눈다
구름과 구름이 거품을 나누듯이.

땅 밑에 누워서
처녀 하나, 총각 하나
말이 없다, 입맞춤이 없다
침묵과 침묵을 나눈다.

— 옥타비오 파스